문 밖의 시간

서현 이숙자 시조집

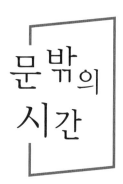

문 밖의
시간

맑은샘

팔순을 향하여 징검다리 반쯤은 지나고 있습니다.

늦었지만 나의 내면의 세계를 빛으로 그리고 싶었습
니다.

하지만 찬란한 그림 아닌 넋두리로 번졌습니다.

사실은 어머니께 드리고 싶어 부지런을 떨었건만

기다려 주지 못하고 곁을 떠나셨습니다.

몇 번을 망설였습니다. 그런데 어느 날

시들어가는 한 포기 낯설은 풀잎에 단물을 머금고

현대시조를 접하면서 다른 세계를 알게 되었습니다.

헤매고 있을 때 곁에서 격려해 주신 분들과 남편에게

새삼 감사드립니다.

어설픈 마음 담아 부끄럽지만 이 책을 어머니께 바치고 싶습니다.
어머니 고맙습니다.

2022, 봄
이숙자

축간사

박재홍(문학평론가)

　시집 발간을 축하드립니다. 이숙자 님은 파주 문예대학에서 열심히 문학에 대한 열정을 키우서서 이제는 어엿하게 등단(登壇)도 하시고 '김포문학상'을 수상하기도 한 분입니다. 몇 년 전에 문예대학에 입학해서 질문도 많이 하고 수필강좌에 몰입하던 모습이 선한데 이렇게 시집을 내셨으니 그 형설지공(螢雪之功)에 절로 머리를 숙이게 됩니다.

　'늦게 배운 도둑질이 무섭다'는 말처럼 작가는 다소 늦은 나이에 글쓰기를 시작하였지만, 문학에 대한 열정에 세월의 무게가 보태져 풍성한 시어를 쏟아내고 있습니다. 존경하는 박완서 작가가 40세에 문단에 나오셔서 주옥같은 수필과 소설을 남기고 한국 문단에

금자탑을 세우셨듯이 이숙자 님도 대기만성의 꿈을 이루실 것으로 믿습니다.

　우리는 일생을 살면서 수없이 많은 사람과 만납니다. 만나면 바로 지워버리는 지우개 같은 만남도 있고 만나면 만날수록 아픈 고슴도치 같은 만남도 있지만, 만날수록 편안하고 응석을 부려도 다 받아줄 것 같은 만남도 있습니다. 이숙자 님이 바로 그런 분입니다. 이런 성정(性情)이 몇 편의 시작에서도 드러납니다. 시집을 내신다기에 기쁜 마음으로 수 편의 시를 읽었습니다. 특히 제 마음을 흔든 작품은 「벽시계」입니다.

촌각을 다퉈가며 앞으로 향해간다

한 길을 평생 동안

뒤돌아보지 않고

어쩌다

벽을 만나도 맞짱 뜨며 달린다

피붙이 열두 식구 밥줄을 짊어진 채

궤도를 벗지 않는

한 가족 삶의 여정

풀었다

다시 조이는 한 우주가 푸르다

마치 지금 이숙자 님을 마주하는 듯한 작품입니다. 태엽에 감겨 쉼 없이 진자운동을 하는 시계추를 바라보며 작가는 숨 가쁘게 달려온 자신을 만납니다. 힘든 여정이었지만 사랑하는 가족과 함께한 삶이기에 작가는 후회 없이 세상을 바라볼 수 있습니다. 문학의 태엽에 몸을 맡기고 작가는 새로운 우주를 창조합니다. 한 편의 시가 탄생할 때마다 한 우주가 태어납니다.

차례

1부

바리스타, 긴 겨울

2부

벽시계

3부

봄동산 왁자지껄

4부

유리병 속의 여자

5부

흰 꽃잎에 대한 상념

출발

물오른
고목나무
힘겹게 차오르네

한 번 더
조금만 더
세차게 밀어보세

화르르
연둣빛 속잎
우듬지에 반짝이네

코로나19·1
-바리스타, 긴 겨울

자격증 손에 쥐고 공처럼 부풀은 꿈
감미로운 기타 소리 손님 맞을 준비하며
따끈한 모닝커피 향 아침을 열어간다

문 앞을 가려놓은 캄캄한 먹장구름
오가는 발걸음들 줄줄이 끊어놓고
불청객 코로나 역병 주인인 양 들앉았다

환하게 웃는 얼굴 목 늘여 기다려도
창문 밖 봄꽃들만 저희끼리 피고 질 때
꼬리 문 회오리바람 떠날 기미 없는가

앙상한 나뭇가지 새움이 트는 계절
웅크린 바리스타 봄은 하마 오려나
반가운 까치 소리에 햇살 덥석 당긴다

코로나 19·2
-문밖의 시간

창 너머 가로수가 바람에 흔들리고
한 줌의 볕뉘조차 가로막은 비구름
탁자 위 노란 들국화 문고리만 쳐다본다

다가오는 눈길조차 바닥에 나뒹굴고
뿔뿔이 흩어져 졸고 있는 그림자들
적막을
깨는 빗소리만
창 안 가득 유영한다

잃어버린 봄의 빛깔 아쉬움 떨쳐 내고
남아있는 시간들 다시금 추스르며
황혼녘 뻣뻣한 손마디 자맥질을 하고 있다

코로나19·3
-바리스타 카페

콧노래 선율 따라 하루를 여는 시간
반가운 손님 오면 꽃 보듯 친구 보듯
갓 뽑은 에스프레소
향기 솔솔 피운다

몰려온 먹장구름 문 앞에 드리우고
기다린 눈길 발길 줄줄이 끊어놓은
코로나 회리바람 속
온 세계가 팬데믹

창 너머 꽃들끼리 왁자글 피고 질 때
애꿎은 문고리만 열었다 닫는 동안
자격증 생기 잃은 채
시나브로 앓는구나

언제쯤 다시 올까 우리들 연둣빛 봄
웅크린 버즘나무 등피 훌훌 털어내니
저것 봐 둑방길 아지랑이
소식 실어 오려나

코로나19·4
-태풍

온종일 창밖에서
바람 소리 활 당기며

간판들 펄럭펄럭
제 이름 날아가는데

춤추듯
휘 돌아쳐도
꿈쩍 않는 바이러스

코로나19·5
-꿈꾸는 자격증

미숙한 바리스타 짐짓 마음은 달인

창 너머 봄님들은 철없이 야단법석

홀연히 꽃들의 잔치 뒷모습만 보이네

코로나 석 삼 년에 온 세상이 멈추었지

화이자 모더나 1차 2차 부스터 샷

비로소 바리스타 자격증 빛을 향해 아자아자

코로나19·6
-불청객

화려한 옷을 입고 입국한 역병 앞잡이
이곳이 어디인지 자세히 알고 왔나

왕 서방 휘휘 감은 비단옷
뚱뚱 배 눈치 구단

무작정 날아와서 청청한 이 나라에
함부로 덤벼들어 짝사랑 하지 마라

홀라당 네 옷을 벗겨
곤장으로 녹여 주마

아파트

황금 벼 출렁이던 울 할배 논배미에
회색 벽 아파트가 하늘 높이 자란다
손에 쥔 보상금 몇 푼 멀기만 한 내 집 마련

반평생 땀 흘리며 모내고 추수했는데
낯선 입주민 환영 현수막이 펄럭이고
정든 땅 몸 들일 곳 없어 타향살이 떠난 길

낮은 흙담 이웃사촌 다 어디로 갔을까
개울 건너 문산 댁 새참 맛 최고였는데
신도시 유리창 불빛 저들끼리 휘황찬란

치솟은 빌딩 아래 그늘 사뭇 깊어가고
맵찬 돌개바람에 떠밀려온 옥탑방
휘영청 강강수월래 달만 한 채 덩그렇다

종이컵 꽃피다

오소소 시린 날에 살포시 다가온 너
만나는 순간마다 두 손으로 감싸고 싶어
하얗고 갸름한 얼굴 첫눈에 그만 반했지

서로가 달콤한 입술 그 향기에 취해서
떼려야 뗄 수 없는 정도 깊이 들었는데
그 누가 질투를 하나 일회용 사랑이라

초록빛 환경 지킴이 변신은 무죄라네
빨간색 분홍장미 샛노란 해바라기
내 곁에 영원한 웃음꽃 알록달록 꿈을 꾸지

벽시계

촌각을 다퉈가며 앞으로 향해간다
한 길을 평생 동안
뒤돌아보지 않고
어쩌다
벽을 만나도 맞짱 뜨며 달린다

피붙이 열두 식구 밥줄을 짊어진 채
궤도를 벗지 않는
한 가족 삶의 여정
풀었다
다시 조이는 한 우주가 푸르다

무꽃 피다

비닐 속 쪼글한 무
새로 핀 꽃 이파리

손등에 군데군데
검버섯 서글픈 날

그것도
꽃이라 하시며
미소 짓던 울 엄마

까치밥

앙상한 가지 끝에 햇살 고운 홍시 한 알
서릿바람 불어와 마구 흔들어도
배고픈 까치를 위해
남김없이 내어 주네

찬이슬 눈물 많은 살림살이 다독이며
자식 위해 애면글면 온몸 사른 어머니
행여나 배 곯을까 봐
소금꽃 피우셨네

어머니

뭇국은 구수하고
달작한 단물이지

뜨겁게 달구어서 허기진 배 채워준

평생을
잊지 못할 맛
그 향기 당신이여

하얀 목련

시린 봄 남몰래
밤하늘을 더듬는다

손 끝에
닿다가도 사라지는
엄마 얼굴

새벽녘
우듬지 끝에 앉아
날 보고 웃네요

청국장

아랫목에 묻어둔
신줏단지 펼친 걸까

담 너머
군둥내가 콧등을 자극한다

숟가락
부딪히는 소리
감겨오는 엄마 숨결

못 오시나요

화알짝 웃는 모습
목련을 닮은 당신

가지 끝에 옷자락
허공에 날리면서

당신은
어디 계시나요
바람에게 묻는다

검버섯

1

작지만 야무지고 단단해 보이는 무

듬성듬성 검버섯 꽃인 듯 피어있네

세상사 파도를 쳐도 한결같은 당신이여

2

냉장고에 오래도록 갇혔던 키 작은 무

꺼내서 잘라보니 단물 아직 변함없네

시려도 내색하지 않는

속이 꽉 찬 울 엄마

조각낸 가슴속

서둘러 간다 하며 눈 감으면 다시 뜨고
머리를 좌우로 휘져 안쓰럽고 서러워
수없이 혼절한 끝에 이제는 가야 한다

연거푸 고맙다며 가쁜 숨을 몰아쉬고
새하얀 기저귀에 푸른 물감 꾹꾹 찍어
마지막 색칠 마친 듯 수채화를 완성했지

어머니 가슴속을 조각낸 우리들은
차가운 몸을 안고 애 닳게 슬퍼하니
반평생 죄인 되어서 돌아올 날 나를 본다

바빠서 그냥 바빠서

보고 싶어 보고 싶다
그냥 그리움에

사랑의 노여움인가
눈시울에 이슬 고인다

한걸음 내닫지 못한 채
일요일 훌쩍 몇 번 지났네

가슴앓이

이 핑계 저 핑계로 해장국만 디밀다

생각도 멀어져가 몸도 이내 멀어졌지

그동안 함께 못한 날 가시로 아직 남아

얼마나 간절했을 그 말씀 한마디

"바쁜데 뭐하러 오니" 헤아리지 못했네

가신 뒤 후회해 본들 귓가에만 맴돌지

빈자리

그림자 숨바꼭질
애타게 찾아 봐도

꼬오꼭
어디 있나
아무리 불러 봐도

나 없다 놀란 가슴에
바람 소리 휑하네

봄동산 왁자지껄

개나리 속옷 차림

한꺼번에 뛰어나와

깜짝 놀란 진달래 볼 붉히며 환한 웃음

왕 벚꽃

속살 보일라

구름 속에 몸 숨긴다

청약, 먼 그림

신도시 창문으로 꽉 메운 빌딩 숲
병풍처럼 드리운 하늘과 마주하네
저렇게 많은 문들 중 내 것 하나 없구나

네모난 가로세로 마음도 모가 나서
이웃도 나 몰라라 들숨 날숨 바쁜 모습
숫자로 통하는 세상 1102호 302호

반평생 발 닳도록 앞만 보고 달렸는데
날마다 치솟는 값 닿지 못할 먼 그림
제자리 주택청약 통장 신열 앓고 있구나

가위

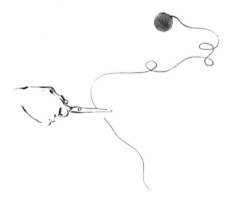

오일장 왁자지껄 엿 치는 가위 소리
딸그락 장단 맞춰 춤추고 노래하면
둘러선 구경꾼들도 어깨춤이 들썩들썩

저마다 애면글면 허리띠 졸라매도
단돈 천 원 엿 한 가락 덤까지 가위 맘대로
흥겨운 가락에 취해 풍년 든다네

착착착 울릴 때마다 주름살이 퍼지고
반 토막 나눠 먹고 기쁨은 한 광주리
마음속 걱정 타래도 싹둑싹둑 자른다네

어느 봄날에

뒤뜰에 앵두나무
가지마다 봉봉하다

남몰래 여민 옷섶
터질 듯 연분홍 밀어

화들짝
피워 올린 향기를
너에게로 보낸다

이제는 꽃길

나뭇가지 사이로 꽃비가 사락사락

어디에 앉아볼까 한참을 맴돌다가

사르르 이는 바람 속 서러움을 전하며

길 위를 은빛으로 찬란하게 수놓아

잡은 손 하마 놓칠까 몸부림을 치는가

아프다 어찌 밟으랴 펼쳐 놓은 비단 폭

알로카시아

창문을 여는 순간 상큼한 풋내음

햇살이 슬그머니 창 안을 기웃거리면

두 팔로 기지개 활짝 펴 긴~~ 목이 답례를 한다

어미의 몸속에 화선지 말아놓은 듯

뾰족이 용틀임한 속살이 투명하다

물방울 심상치 않다 야들야들 아! 연둣빛

동심 오려붙이기

1
색종이 알록달록 뜨락의 꽃밭이네
빨강은 장미꽃 노랑은 해바라기
스스슥 가위 손길에 만발하는 꽃송이

2
색종이 무지갯빛 변신은 너의 솜씨
사자와 목이 긴 기린 원숭이 사슴까지
신기한 요술쟁이야 동물원도 문제없네

3
때로는 어둔 마음 다독여 밝혀 주지
근심은 검은 종이 거짓은 회색 종이
착착착 장단 맞추어 싹둑싹둑 잘라내지

오징어

챙 모자
꼭 눌러 쓴
늘씬한 저 아가씨

다리는 열 개라도
달리기는 늘 꼴찌라

종이 위
먹물 쏟아놓고
수묵화를 그리려나

지우개로 슥슥

시간을 헤치면서 아 하고 멈추고는
스치는 어휘 잡아 꿰어서 담아놓고

밤새워 상상의 세계
들어가니 어렵구나!

미로 속 기웃기웃 맞추고 헤매건만
이 글도 아닌 것을 저 글도 아닌 것을

아서라 애꿎은 지우개만
안타깝게 슥슥슥

하늘 수채화

갓 구워

가을 하늘에 차려놓은 고등어

희디흰 속살들이

겹겹이 핀 캔버스

숨겨진

구름 사이로

입맛 다시는 동그란 해

일회용

갈바람 소슬한 날 뜨겁게 다가온 너
상큼한 그 향기에 한순간 반해버려
때때로 달콤한 입술 정도 깊이 들었지

그립고 아쉬움에 만나는 숱한 시간
그 누가 질투하나 일회용 사랑이라
더러는 발길에 차여 뒹굴 때도 있지만

초록빛 환경 가꿈 변신은 무죄라네
다정한 분홍 장미 오롯이 피워 올려
내 곁에 따스한 웃음 지지 않는 꽃이지

바보처럼

크신 사랑

그때는

미처 몰랐습니다.

깊은 터널 괴로움

그때도

몰랐습니다.

뒤틀린

통증의 고통도

바보처럼 몰랐습니다.

4부

유리병 속의 여자

유리병 속의 여자

알콜을
흠뻑 먹은
통통한 인삼 여인

요염하게
다리 꼬고
누구를 유혹하나

어떻게
견뎌냈을까
캄캄한
땅속에서

목마름에 대하여

땡볕에 지쳐 버린 꽃들은 눈을 감고

가마솥 갓 구워낸 더위 먹은 잎새들

후드득 소나기 한 자락 기다려도 감감 소식

바람결 먼 길 돌아 나뭇가지 재우치듯

갈증 속 늘어진 오감 흔들어 깨우려나

내 안의 서늘한 시조 한 수 주룩주룩 내렸으면

입덧

동글며 갸름하고 주름 골골 먹음직한 너
뱃속에선 아기가 먹고 싶다 보채지만

폴폴폴
여름의 달콤한 맛
군침만 꿀꺽 삼켰네

암만 먹고 싶어도 먹을 수 없던 겨울
요즘이야 동지섣달 보란 듯 풍성하지

설운 맘 안 잊혀지네
먹고 또 먹어봐도

소나기

회색 베일 쓰고서
급히 달려오더니

후드득 후드득 창문을 두드린다

황급히 뛰어나가 보니
도둑처럼 달아나네

잠깐 숨 좀 돌리지
뭐가 그리 바쁜가

무심할 때 다가오고 잡으려면 놓치고

왔다가 달아나 버린 시
매미 소리만 한가롭구나

책

-결혼 예물

애지중지 모시고 이곳저곳 다닌 지
사십 년 훌쩍 넘어 날깃날깃 바래었네

이토록 아끼는 예물
그이의 분신이네

진주 사파이어 열 캐럿 다이아몬드
세상 어느 보석에 비할 수가 있을까

그대는 순도 100퍼센트
변치 않는 짝이라네

빈궁마마로 살다

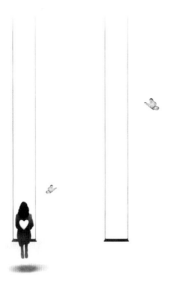

텅 빈 방 홀로 앉아 고요를 품고 있다
풀벌레 소리조차 품지 못한 허허로움

흰나비
치맛자락 앉다
포르륵 날아간다

바람 든 들녘에 풀잎이 쓰러진다
고 작은 뿌리조차 품지 못한 메마른 땅

목울음
메아리 되어
허공 아래 맴돈다

수삼

넓은 차양막 아래 볏짚을 깔아놓고
비 오면 다칠세라 눈 오면 시릴세라
날마다 오두막에 앉아
뜬눈으로 바라본다

젖살 오른 뽀얀 속살 다부진 고운 자태
차마 보내지 못해 하염없이 품었더니
시무룩 꽃잎 진 자리
눈물방울 붉어라

잔뿌리만 남겨두고 제금 나간 어린 자식
숭숭 뚫린 자리마다 향기는 짙어가고
이별은 만남의 시작
홀씨 하나 날아든다

인삼주

산골에 살다가 도시로 간 시골 처녀

홍등가 조명 아래

유리관에 갇혀서

조개 위

비너스처럼

초점 없이 서있다

꼬인 다리 사이로 술병이 쓰러진다

파도에 일렁이다

흠뻑 젖은 머릿결

노랗게

뽑아낸 진액

빙글빙글 도는 세상

그늘 안 풍경

햇살도 싫다 하고 달빛도 싫다 하니

그 속은 캄캄한데 언제쯤 나오려고

아무리 달래보아도 꼼짝 않는 네 마음

어쩌란 말이더냐 함께할 나의 친구

어둠에 갇혀 있는 우울한 너의 마음

사랑해 사랑한다고 우린 같이 가야 해

베개

어두운 밤이 되면 만나는 연인이다

조금만 떨어져도 잡아당겨 껴안고

거친 숨 몰아쉬면서 온몸을 뒹굴린다

지친 맘 아침 되어 사르르 녹여 주고

한낮에 멍들어도 내 곁을 지켜주는 밤

날마다 꿈길에서도 숲의 소리 들려준다

춤추는 무

배꼽티

하얀 속살

머리는 캉캉 깃털

무희들 멋진 공연 한 곳에 옹기종기

초겨울 뽑혀 가겠지

부잣집의 며느릿감

흰 꽃잎에 대한 상념
-어느 할머니의 노래

어둠 속 물길 가르며 얼마만큼 돌아왔나

댕기 머리 싹둑 잘려 끌려간 그 물가에

군홧발 상처투성이 헹구고 또 헹구는가

초록빛 치마 위에 고이 여민 흰 저고리

순결한 새 향기로 다시 피고 싶었을까

수련화 꼿꼿한 증언 서슬 푸른 저 메아리

백련

뭇꽃들 푸른 숲에 저희끼리 붉을 때
고인 물 마시면서 구정물에 발 담그고

밤마다 때가 아니라
침묵하고 기다려

심연의 온갖 오욕 용서로 보듬어서
우리네 얼룩진 마음 새하얗게 헹구시니

당신의 자비로운 자태
천지를 맑히시네

한 노인의 이야기

핏물 배인 임진강 총소리 뒤로하고
새벽녘 군화 소리 포복으로 곤두박여
얼마나 기어 왔을까
며칠 동안 혼절했다

천 리도 멀다 않고 자유 찾아 떠나온 길
정든 고향산천 아득히 먼 우리 집
부모님 기다릴 생각에
가슴살을 뜯는다

저세상 갔을지 몰라 울커덩 복받친 설움
맺힌 한 꾹꾹 씹어 가시로 꽉 찬 목구멍
칠십 년
쌓인 넋두리
가랑잎만큼 소란하다

5월, 찔레꽃

발그레 예쁘디예쁜 꽃빛을 마다하고

그날의 혼백인 양 차라리 하얗게 피어

온몸에 가시투성이 허공만 찌르는가

세상사 거짓과 진실 엉킨 칡넝쿨처럼

목마르게 기다려도 풀지 못한 매듭들

정의는 상복 입은 채 혼절하고 있구나

백모란

세모시 여민 옷섶 치마폭 열두 갈래
하나 둘 펼치더니
꽃방석 위 어지신 분

그대의 황홀한 모습 합장하며 숙였지

새하얀 미소에 눈 맞춤 뗄 수 없어라
티 없고 흠 하나 없는
순백의 아름다움

그대는 영원을 휘도는 사랑의 화신이여

반 고흐에 빠지다
-해바라기

자유로 차창 밖에
펄럭이는 금빛 꽃잎

반 고흐 활짝 웃고
손뼉 치며 환호하네

백미러
그 속에 풍덩
내 마음 빠져드네

스마트폰

그 누가 만들었나 조그만 네모 얼굴
언제든 콕 누르면 열리는 세상만사

정말로 신통방통한
보물단지 우체부

낮에도 밤중에도 쉼 없이 오가면서
소식을 배달하는 깜찍한 친구라네

손바닥 크기만 해도
온 세계가 들었네

요양원

몸과 맘
다 바쳐서 가족 위해 살았지만
믿을 만한 자식 없어 의지할 곳 없는 노인
집 한 칸 남은 게 없다며
목을 놓아 우시네

늙은이
가야 할 곳 작은 쉼터라 하니
홀로이 가는 것이 서럽고도 두렵다네
마지막 외딴 간이역
잠시 머물다 가는 곳

가을 길목에서

실비단 융단 길이 꿈처럼 흘러간 후

세상이 내 것인 양 곧추선 매무새들

초록빛 물결 속에서 합동공연 펼치고

갈바람 일렁이면 짧은 해 끌어당겨

수만 개 꽃자리에 오롯이 영근 열매

이제는 모두 내어 주고픈 고개 숙인 벼이삭

마라도 그 먼

어쩌다 뚝 떨어져 이별을 하였을까

날마다 애를 태워 숯덩이 된 깊은 속

얼마나 씻고 헹궈야 지울 수가 있을까

멀고 먼 뭍을 향해 파도소리 보내면

수평선 그 너머로 이 마음이 들릴까

두둥둥 반가운 소식 가득 안고 오려나

천 년의 비자나무

원시의 숲을 향해 허공을 움켜쥐며

우듬지 높이 솟아 곧은 일념 무한 질주

햇살이 잎새 사이로 숨바꼭질 한창이다

초록빛 발을 딛고 세월을 엮은 고리

하늘길 바닷길 이어 한눈에 천 년을 보는

제주의 푸르른 바람 파도처럼 출렁인다

천진성과 서정적 밝음의 미학

-사회성·효심과 측은지심·역사인식

장기숙(시인 · 수필가)

　작가는 문학의 장르를 불문하고 첫 작품집에 대해 각별한 설렘을 가진다. 이숙자 시인은 수필에 이어 시조로 데뷔한 열정적인 시인으로 첫 시조집을 내기 위해 가장 뜨겁게 시적 자아를 작품에 투영시켜 왔다.

　'시조(時調)'라는 양식은 그 어원에 나타나듯 민족문학의 보고(寶庫)로, 당대의 풍속과 이념 그리고 일상적 서정을 드러내는 표상이다. 그렇듯 시인은 이 시대 현실적 사회상과 생활 속에서 건진 시상을 천착하여 각종 공모전에 응모, 수상하는 영예를 차지하기에 이른다. 살아온 시간만큼 풍상을 다 겪었을 늦은 나이에도 소녀적 순수함과 따뜻함은 효심과 이웃을 향한 자비와 측은지심으로 나타난다. 이러한 성정은 시인의 시 세계에서도 발현되어 질곡의 역사인식 면까지 드러내며 힘없고 억울한 대상에게 시선이 머물곤 한다. 이 글은 주지한 측면에서 시인이 추구한 문학적 지향점을 따라가 보고자 한다.

1. 현실 감각을 통한 서정적 사유

현대시조에 있어서 당대 사회상은 밀접한 관계가 있다. 과거 매너리즘과 음풍농월을 배제해야 좋은 시조가 되듯 시조는 현실의 바탕 위에 기초해야 바람직하다. 지금, 여기 사물들에 관심을 가지고 작품에 접근하는 것은 현대적 감각의 시조를 짓는 데 필수 요건이 된다. 즉 현실에 대한 생활의 경험 혹은 간접 체험을 통한 시적 세계를 자연의 서정과 아울러 냉철한 시각으로 꿰뚫어 볼 수 있어야 한다.

자격증 손에 쥐고 공처럼 부풀은 꿈
감미로운 기타 소리 손님 맞을 준비하며
따끈한 모닝커피 향 아침을 열어간다

문 앞을 가려놓은 캄캄한 먹장구름
오가는 발걸음들 줄줄이 끊어놓고
불청객 코로나 역병 주인인 양 들앉았다

환하게 웃는 얼굴 목 늘여 기다려도
창문 밖 봄꽃들만 저희끼리 피고 질 때
꼬리 문 회오리바람 떠날 기미 없는가

앙상한 나뭇가지 새움이 트는 계절
웅크린 바리스타 봄은 하마 오려나
반가운 까치 소리에 햇살 덥석 당긴다

―「코로나19·1 ―바리스타, 긴 겨울」 전문

코로나19는 현재 3년째 지속 중이다. 개인의 생계가 위협받음은 물론 사회와 각 나라는 세계적인 팬데믹 상황에 봉착했다. 시인은 거리두기로 인한 불경기 속에 개인적 현실의 뼈아픈 경험을 모티브로 코로나19에 대한 연작을 하기에 이른다. 자격증을 손에 쥐고 한껏 꿈에 부풀었지만 역병을 비유한 먹장구름, 회오리바람은 좀처럼 물러가지 않는다. 그래도 끝내 절망

하지 않고 햇살 한 줌이라도 덥석 당겨 봄을 맞으려는 긍정적 심상이 희망으로 다가온다.

시조의 표현에 있어 묘사와 진술은 중요한 수사법이다. 묘사는 회화적, 가시적으로 이미지를 그려 명료화시키고, 진술은 언어를 사고의 깊이로 체험화시키는 방식이다. 이때 묘사로만 지은 시는 산뜻하지만 시의 메시지가 모호해지고, 음풍농월의 소지가 있다. 진술로만 표현할 때는 사고적, 고백적이 되므로 의미는 깊지만 자칫 넋두리가 되기 쉽다. 그러므로 묘사와 진술이 절묘하게 잘 어울릴 때 좋은 시가 될 수 있다. 위의 시조에서는 첫 수에서 진술적 표현으로 일상을 소개했다. 둘째 수에서는 자연적 묘사와 진술이 합쳐진 가운데 셋째, 넷째 수에서도 묘사와 사건의 진술 양자를 교차해 기승전결로 이끌어 가는 긴장을 늦추지 않았다.

사회적 관심에 대한 시작(詩作)은 자칫 고백적, 해석적으로 열거하여 구호나 직설적 진술로 빠지기 쉽다. 그렇지만 시인은 자연의 비유적 묘사와 사건의 진술을 번갈아 하면서, 서정적 감동과 리얼감을 발현시킨 솜씨가 놀보인다. 시인의 투철한 사회성(sociality)을 보면 코로나19에 대한 연작과 함께 전국의 모 문학상 수상자로 선정된 것은 우연한 일이 아니다.

황금 벼 출렁이던 울 할배 논배미에
회색 벽 아파트가 하늘 높이 자란다
손에 쥔 보상금 몇 푼 멀기만 한 내 집 마련

반평생 땀 흘리며 모내고 추수했는데
낯선 입주민 환영 현수막이 펄럭이고
정든 땅 몸 들일 곳 없어 타향살이 떠난 길

낮은 흙담 이웃사촌 다 어디로 갔을까
개울 건너 문산 댁 새참 맛 최고였는데
신도시 유리창 불빛 저들끼리 휘황찬란

치솟은 빌딩 아래 그늘 사뭇 깊어가고
맵찬 돌개바람에 떠밀려온 옥탑방
휘영청 강강수월래 달만 한 채 덩그렇다

– 「아파트」 전문

사회 참여 의식을 지니는 것은 글을 쓰는 작가로서 마땅하다. 이미 오래전부터 아파트 개발사업이 성행하면서 산과 농토에는 회색 건물이 들어서 자연을 점점 훼손시킨다. 벼를 심던 우리네 할아버지, 아버지는 등 밀려 떠나고 고향을 잃어버린 채 이웃 간의 옛정도 아련한 추억이 되고 말았다. 빈부격차가 심해지는 상황에 부자들은 아파트와 함께 치솟지만, 서민들은 일생에 내 집 갖는 일이 까마득해 셋집으로 밀려난다. 이에 시적 화자가 옥탑방 위에 떠 있는 달을 보며 마치 궁궐 한 채를 바라보듯 위안을 받는 모습이 뭉클한 울림을 준다.

오소소 시린 날에 살포시 다가온 너
만나는 순간마다 두 손으로 감싸고 싶어
하얗고 갸름한 얼굴 첫눈에 그만 반했지

서로가 달콤한 입술 그 향기에 취해서
떼려야 뗄 수 없는 정도 깊이 들었는데
그 누가 질투를 하나 일회용 사랑이라

초록빛 환경 지킴이 변신은 무죄라네

빨간색 분홍장미 샛노란 해바라기

내 곁에 영원한 웃음꽃 알록달록 꿈을 꾸지

- 「종이컵 꽃피다」 전문

시적 소재와 발상은 크고 거창한 것 같지만 소소한 일상에서도 얼마든지 끌어올 수가 있다. 언제부터인가 우리는 쉽고 편리한 것에 길들기 시작했다. 바로 일회용품 사용이다. 매일 가는 직장에서도, 주위 사람들과 함께하는 티타임부터 대소사에서도 일회용이 범람하니 이제는 다른 쓰레기보다도 더 환경오염의 주범이 되어버렸다. 고 작은 종이컵을 귀여운 애인에 비유한 발상이 소녀처럼 깜찍하고 톡톡 튄다. 그런데 애인이 지탄을 받고 있으니 바로 마지막 수에 환경지킴이로 변신하여 반전을 가져온 솜씨가 예사롭지 않다.

90년부터 생명시, 공해시, 환경시, 생태학적 문명비판시 등이 시대적 요구에 부응하기 시작했다. 화자의 시 역시 환경오염에 대해 우려함과 동시에 세계관과 주제의식에서 환경에 대한 지대한 관심을 인식한 결과물이다.

2. 어머니, 그 만인의 눈물

어머니, 하면 먼저 눈물부터 핑 돈다. 자식을 위한 헌신과 희생에 어머니만 한 이름이 어디 또 있을까. 하나님이 그 많은 사람을 일일이 다 보살필 수 없어서 이 세상에 어머니를 보냈다는 말이 있다. 또한 휴정의 「회심곡」을 들어봐도 "어머님 전 살을 빌고 아버님 전 뼈를 받고", "진자리는 인자하신 어머님이 누웁시고", "쓰디쓴 것은 어머님 잡수시고" 이하 여러 행에서 어머니에 대한 가사 내용이 주류를 이룬다. 그만큼 어머니는 아름다우며 가장 고귀한 이름이다. 시인들이 가장 많이 쓴 시가 어머니에 대한 제목과 내용이라는 말도 있듯 저마다 할 말이 많고 감정이 남다르다는 얘기일 것이다. 그런데 어머니에 대한 심상은 거의 공통적으로 강하고 위대하면서도 눈물샘을 자극하는 카타르시스로 귀결된다. 이숙자 시인도 어머니에 대한 시를 연재할 만큼 어머니라는 주제는 작품에서 많은 비중을 차지하고 있다.

앙상한 가지 끝에 햇살 고운 홍시 한 알
서릿바람 불어와 마구 흔들이도

배고픈 까치를 위해

남김없이 내어 주네

찬이슬 눈물 많은 살림살이 다독이며

자식 위해 애면글면 온몸 사른 어머니

행여나 배 곯을까 봐

소금꽃 피우셨네

- 「까치밥」 전문

　한국의 가을은 어머니를 닮았다. 대지에 뿌리를 내려 과일이나 곡식을 키워 영글게 하는 이치가 자식을 위해 모든 풍파를 견디는 어머니와 같지 않은가. 진기 빠진 잎이 다 지고 서리 무렵 감나무에 까치밥을 보며 어머니를 겹쳐 놓았다. 배고픈 생명을 위해 남아있는 온몸마저 내어준 것에 포커스를 맞추어 어머니의 희생을 그린 것이다. 어머니와 홍시 한 알을 병치시켜 어머니를 홍시로 은유하는 수사법을 활용한 작품이다. 서정시의 특성에 근거하여 동일화의 원리는 시를 쓰는 데 필수 요건이다. 사물 속에 자아가 들어가는 동화와 사물이 자아로 들어오는 투사를 말하며 A=B

즉 한몸이 되는 것을 말한다. 시인의 시적 사유는 까치밥인 홍시와 어머니를 동일시하여 의미를 확장하고 깊이를 더한다.

　　시린 봄 남몰래
　　밤하늘을 더듬는다

　　손 끝에
　　닿다가도 사라지는
　　엄마 얼굴

　　새벽녘
　　우듬지 끝에 앉아
　　날 보고 웃네요

– 「하얀 목련」 전문

　위의 시에서도 역시 목련꽃을 바라보며 어머니 얼굴을 본 듯 손을 뻗어 보지만 만져지지도 않는다. 동일화를 언급했듯 목련꽃은 바로 어머니다. 어머니의 삶은 검은 머리가 흰 머리 될 때까지 굴곡진 삶이었지만 꽃잎처럼 순수한 이미지로 순화된다. 밤이나 새벽이나 목련은 그저 어머니를 그리게 한다. 자연과 인간이한몸이 되어 어머니를 형상화하는 데 성공을 이룬 작품이다.

비닐 속 쪼글한 무
새로 핀 꽃 이파리

손등에 군데군데
검버섯 서글픈 날

그것도
꽃이라 하시며
미소 짓던 울 엄마

– 「무꽃 피다」 전문

주부들은 생활 속에서 냉장고나 베란다에 방치해 둔 무를 꺼내본 경험이 있을 것이다. 뽀얗던 무가 시들시들해져 표면에 거뭇거뭇 점이 난 것을 보며 문득 어머니 손등과 생전에 하시던 말씀을 소환해 낸다. 시공을

초월하여 건너온 어머니와 마주한 딸은 검버섯을 보고 서글퍼하는데 어머니는 짐짓 "그것도 꽃이라 하시며" 미소 짓는다. 어찌 늙음에 서글프고 약해지지 않으리. 그러나 자식 앞에 약한 모습을 보이지 않는 세상의 어머니들은 강하다 하지 않는가. 시들어 가는 무의 군데군데 검은 자국을 검버섯과 동일시하여 시적 효과를 극대화시킨 작품이다.

몸과 맘
다 바쳐서 가족 위해 살았지만
믿을 만한 자식 없어 의지할 곳 없는 노인
집 한 칸 남은 게 없다며
목을 놓아 우시네

늙은이
가야 할 곳 작은 쉼터라 하니
홀로이 가는 것이 서럽고도 두렵다네
마지막 외딴 간이역
잠시 머물다 가는 곳

– 「요양원」 전문

시인은 측은지심이 깊다. 이는 시작(詩作)에 있어서도 유리한 장점으로 작용한다. 이 시도 우연히 버스정류장 의자에 앉아 쉴 동안 처음 만난 노인에게서 모티브를 가져왔다고 한다. 무심히 지나치지 않고 잠시나마 위로의 말을 주고받았을 시인의 따뜻한 마음이 전해온다. 별다른 시적 기술이나 묘사 없이 있는 그대로를 진술적 표현으로 옮겼지만 이 시대 누구나 한 번쯤 생각해 볼 문제임에 공감이 간다. 불과 몇 년 전만 하더라도 부모와 자식이 한집에 오순도순 살았지만 지금은 그렇지가 않다. 가족이 많아도 독거 아니면 낯선 요양원으로 가야 하는 현실 속에서 효심에 대한 반성의 여지를 주는 메시지다. 시인의 측은지심은 자신의 어머니뿐만 아니라 처음 보는 세상의 어머니들에게도 따뜻한 시선을 보낸다.

3. 현재 살아 숨 쉬는 역사인식

현대시조의 세계관에 있어 역사인식은 중요한 축을 이룬다. 특히 시조(時調)는 당대의 정치적, 사회적 상황을 예로부터 잘 전해왔다. 고시조에 나타났듯 선현들께서 얼마나 많은 시조를 남겼는가. 침몰해 가는 나라를 개탄하며 지은 고려 시대 목은 이색의 「백설이 잦아진 골에」가 있고, 포은 정몽주의 「단심가」, 이방원의 「하여가」는 여말선초의 대표적인 시조다. 일각에서 태평성대라 일컬었던 때에는 맹사성의 「강호사시가」가 당대를 노래하고 있다. 고시조를 언급했지만 이렇듯 시조는 역사 속에서도 면면히 이어져 왔다. 현재가 훗날에는 과거가 되듯 시조는 현재와 미래를 잇는 장르이기도 하다. 현대시조는 결코 이미 오래된 역사적 사건이나 이야기를 단순히 사실만으로 풀어놓아서는 안 된다. 당대의 시대적 삶이 얼마나 참혹하고 가열했던가를 보여주어 살아있는 증언과 함께 과거 속에서 지금, 여기의 의미를 이끌어 내는 데 주력해야 한다. 절대 잊어서는 안 될 일제 강점기와 한국전쟁, 그리고 5월 민주항쟁은 그런 의미에서 아직 현재 진행형이며 민족적 양심의 글쓰기로 중요한 모티브가 되고 있다.

어둠 속 물길 가르며 얼마만큼 돌아왔나

댕기 머리 싹둑 잘려 끌려간 그 물가에

군홧발 상처투성이 헹구고 또 헹구는가

초록빛 치마 위에 고이 여민 흰 저고리

순결한 새 향기로 다시 피고 싶었을까

수련화 꼿꼿한 증언 서슬 푸른 저 메아리
– 「흰 꽃잎에 대한 상념 –어느 할머니의 노래」 전문

흰 꽃잎을 보면 상념에 젖게 된다. 흰색이 보여주는 이미지가 순결을 나타내기도 하지만 죽음을 연상시키기 때문이다. 우리나라에는 일제 강점기의 부당한 수탈로 희생된 누이들이 있다. 여성 인권 단체와 아직 생존에 계신 누이들이 앞장서 거듭 사과를 촉구해도 받아들여지지 않고 있는 것이 현실이다.

시인은 연못에 핀 수련화에 그 누이들을 동일시하여 상관물을 정한다. 현해탄을 건너 끌려갔을 당시를 어둠 속 물길이라 비유하고 댕기 머리는 곱다시 키워온 정조를 상징한다. 잘려나가고 짓밟힌 것에 대한 문제를 제기하여 부당함을 증언하고 억울한 마음을 세계

를 향해 서슬 푸르게 외치고 있다.

　　핏물 배인 임진강 총소리 뒤로하고

　　새벽녘 군화 소리 포복으로 곤두박여

　　얼마나 기어 왔을까

　　며칠 동안 혼절했다

　　천 리도 멀다 않고 자유 찾아 떠나온 길

　　정든 고향산천 아득히 먼 우리 집

　　부모님 기다릴 생각에

　　가슴살을 뜯는다

　　저세상 갔을지 몰라 울커덩 복받친 설움

　　맺힌 한 꾹꾹 씹어 가시로 꽉 찬 목구멍

　　칠십 년

　　쌓인 넋두리

　　가랑잎만큼 소란하다

　　　　　　　　　　　　　　　－「한 노인의 이야기」 전문

우리나라는 세계 유일한 분단국가다. 한국전쟁은

아직 끝나지 않은 채 진행 중인 셈이니 통일문학에 대한 관심은 당연하다. 동족끼리의 상흔과 갈등이 올해로 72년을 맞고 있어 이산가족의 슬픔은 상상조차 힘들다. 시인이 살고 있는 파주는 접경지역으로 명절이면 임진강 망배단에서 통곡하는 노인을 종종 보게 된다. 죽음을 무릅쓰고 넘어온 사람들이 얼마나 많은가. 그분들이 흘린 눈물만 해도 임진강물에 보태고도 남으리. 현존하고 있는 역사적 사실에 과잉된 이념에 대한 강조는 거부감을 주는데 하자는 한 노인익 이야기를 그대로 가감 없이 들려주어 오히려 설득력을 가진다. 생과 사가 왔다 갔다 한 사실의 표현이 리얼한 만큼 상징이나 은유는 오히려 사치일 수도 있다.

발그레 예쁘디예쁜 꽃빛을 마다하고

그날의 혼백인 양 차라리 하얗게 피어

온몸에 가시투성이 허공만 찌르는가

세상사 거짓과 진실 엉킨 칡넝쿨처럼

목마르게 기다려도 풀지 못한 매듭들

정의는 상복 입은 채 혼절하고 있구나

－「5월, 찔레꽃」전문

　현대사에서 80년대 독재하의 5월 민주항쟁은 아직
도 우리 기억에 생생하다. 그날의 비극을 일일이 열
거하자면 셀 수조차 없다. 아직도 어느 것이 진실인
지 명징하게 밝혀지지 않고 있어 안타까움을 더한다.
젊은 목숨들이 꽃잎 날리듯 숨져간 5월이면 어김없이
찔레꽃이 흐드러지게 피어 화자는 흰 꽃잎에 포커스
를 맞춰 혼백을 대하듯 한다. 아직 해결되지 않은 정
의에 대해 온몸에 가시투성이가 허공만 찌른다고 항의
하며, 상복을 입은 채 혼절해 있다고 서글픈 현실을
꼬집고 있다.

　요약하건대 이숙자 시인의 사회성에 즈음하여 「코로
나19」 연작들로 서민들의 경기 회복에 대한 희구로 첫
부를 열어간다. 지속되는 사회적 불경기를 부제 '바리
스타, 긴 겨울'로 비유하고 봄을 끌어당겨야 하는 희

망적 메시지와 함께 '태풍'이 역병을 쓸어가 주기를 염원한다. 또한 「아파트」에서 빈부격차에 대한 불균형을 보며 '아파트'와 '옥탑방'이라는 상관물을 통해 이의를 제기하고, 무분별한 개발로 인한 자연 훼손과 이웃 해체를 치밀한 구성으로 재조명하여 주제의식을 구현해 낸다. 「종이컵 꽃피다」에서는 사회적 문제로 연결되는 일회용품 사용으로 인한 환경오염에 대해서도 애교 있는 언술로 슬쩍 짚고 넘어가는 센스를 보인다.

효심과 측은지심은 시인의 큰 덕목이요 장점이다. 실제와 시조에 나타난 따뜻한 가슴은 부모님을 비롯해 그를 대하는 사람과 독자들에게도 훈훈한 사랑을 더하리라.

이숙자 시인의 시 세계는 특유의 천진성과 밝은 성정을 지녔다. 아울러 작품 전반의 서정적 자아가 밝고 긍정적이다. 시적 대상에 유독 꽃이 많이 등장하는 것도 이와 무관하지 않다. 역사인식이나 사회성에 대한 어둡고 무거운 주제에서도 분노하거나 상한 심상을 직설적으로 표명하거나 노출하지 않고 대신 연민으로 끌어안는다. 소재도 거창하지 않고 자연이나 일상에서 획득한 작은 소재로 하여금 사건을 병치하여 우회적으로 핵심을 잡아내는 특징을 가지고 있다. 상관물로 하여금 묘사와 진술을 통해 잔잔한 서정적 울림을 선사한다.

이숙자 시인은 성실성으로 나이에 비에 젊게 살고, 바리스타 자격증까지 취득하여 시니어 봉사활동까지 활발하게 임하고 있다. 바쁜 일상에서도 끊임없이 써 온 작품『문밖의 시간』은 시인이 갓 등단하여 내는 첫 시집인 만큼 맑은 순도에 비해 세밀한 밀도는 부족할 수도 있다. 이는 앞으로 작품에 얼마나 치열하게 매진하느냐에 따라 확연히 나아질 수 있으리라 믿는다. 시인이 더 너른 세계로 확장해 나갈 것을 다음 작품에 기대하며 힘찬 응원을 보낸다.

문 밖의 시간

초판 1쇄 인쇄 2022년 02월 24일
초판 1쇄 발행 2022년 03월 07일
지은이 이숙자

펴낸이 김양수
책임편집 이정은
편집디자인 권수정
교정교열 이봄이

펴낸곳 도서출판 맑은샘
출판등록 제2012-000035
주소 경기도 고양시 일산서구 중앙로 1456(주엽동) 서현프라자 604호
전화 031) 906-5006
팩스 031) 906-5079
홈페이지 www.booksam.kr
블로그 http://blog.naver.com/okbook1234
포스트 http://naver.me/GOjsbqes
인스타그램 @okbook_
이메일 okbook1234@naver.com

ISBN 979-11-5778-532-2 (03800)

맑은샘, 휴앤스토리 브랜드와 함께하는 출판사입니다.